KB122696

희망이 햇살이 되어

# 희망이 햇살이 되어

김준엽 시집

개미

세계보건기구(WHO)가 신종 코로나바이러스 감염증 (COVID-19·코로나19)에 대한 '팬데믹(세계적 대유행)'의 선언이 있었다. '팬'은 '모두'를 '데믹'은 '사람'을 뜻한다. 모든 사람이 전염된다는 뜻이다.

사회와 경제적 타격은 물론 단순히 공중보건의 위기가 아니라 모든 분야에 영향을 미치는 위기라는 의미 속에서 '문학의 역할은 무엇인가?' 라고 되묻고 싶었다. 공동체는 모든 부문과 개인이 싸움에 참여해야 한다는 것을 독려하고 있었다.

금번 사업은 새로운 역사를 쓰는 민·관의 '콜라보레이션'이다. 이는 전국에 '장애인 창작활동'을 지원하는 공적프로그램을 통해서 확인할 수 있다. 특히 다른 광역지자체 문화재단에서 '장애인 창작활동 지원'을 실행하는 경우가 별로 없음에도 불구하고 대전광역시와 대전문화재단의 지원은 '지속성을 담보한다'는 거시적 측면에서 타시도 문화재단을 선도하는 모습을 보여주고 있다.

또한, 2014~2020년 현재에 이르기까지 '세종도서문학나눔우수도서'에 6종의 작품집이 선정되었고, 70종 76,000권에 이르는 장정에 이르기까지 130여 명의 중증 장애인 작가를 발굴하였다는 족적을 남겼다.

그 사이에 2016년~2020년 현재까지 장애인문학의 '융·복합 콘텐츠 제작'을 통하여 작곡과 연극(시극), 시노래, 시무용, 앙상블, 오케스트라, 국악가요, 대중가요, 가곡, 연극 음악 등의 콘텐츠로 제작 초연을 통해서 팬데믹 사회에 '비대면 양방향 콘텐츠'를 선도할 수 있는 선도적 확장도 이루었다.

전문예술단체 〈장애인인식개선오늘〉의 이러한 노력은 지방문화의 우수성을 타시도를 넘나들 수 있고, 새로운 모델을 구축하여 불온한 사회적 거리두기를 콘텐츠로 극복할 수 있다는 가능성을 보여주었다. 더 큰 사례로 BTX(방탄소년단)를 보면, 문화와 예술이 인종차별을 극복하고 우리 국민의 뛰어난 창조적 능력이 세계적 팬데믹을 일으킬 수 있다는 것을 여실히 보여주었다.

오늘, 15년의 살아온 날수만큼의 족적이 새로이 살아 갈 날수만큼의 커다란 역사, 즉 '장애인문학'이라는 새로운 여정을 밝히는 '발화점'이 되기를 바란다.

2020년 12월
전문예술단체 〈장애인인식개선오늘〉
대표 박재홍

희망이 햇살이 되어 휠체어 발판에 올려진
발등 위에 축복처럼 머물기를 바랍니다. 저에
게 시는 자중자애를 위한 그렇게 모두를 위한
기도이자 발원입니다.

경주사람
김준엽

# 희망이 햇살이 되어

## 차례

1부

# 이 세상 끝날 때까지

나의 온 힘을 다하여 선율이 되겠습니다 당신의 가피가 영혼의 무대복이 될 것입니다 신나는 운율과 매혹적인 속삭임 영혼의 노래가 되어도 좋습니다 그대 만든 무대와 곡을 들을 수 있도록 저의 귀를 열어 주세요 그대를 위해 세상 끝나는 때까지 멈추지 않을 것이니

# 내 마음의 방울

삶이 굴러갑니다 멀리 가지 말라해도 삶은 튕겨져 멀리 날아갔습니다 그러나 나의 삶은 멀리 가지 않았습니다 방울지는 땀방울이 함께하는 삶에 작은 희망은 휠이 되어 밸런스를 맞춰 굴러갑니다.

나의 사랑은 불편함을 잊고 홀씨처럼 공중을 향해 구르고 있습니다

# 여기는 빌딩숲

아스팔트가 비포장처럼 풀이 자라고 숲을 이루어 도시가 되었습니다 사람들은 무언가를 향해 군집과 이동을 같이하고 흩어집니다 그 위에 어둠이 찾아오고 하늘에 별이 밀물처럼 번질 때 도시에 밤새 소리는 묘한 외로움을 자극합니다

차디찬 바람이 불어오고 홀로 휠체어를 달리고 가슴은 바깥 기온보다 내려가고 달리던 바퀴가 멈추어 서고 깨진 통바퀴 금간 통바퀴 사이로 목이 꺾인 풀꽃을 바라보자 왈칵 눈물이 났습니다

# 가을 운동회

만국기와 호루라기 환호성과 달리는 아이 사이에는 묘한 꿈이 있습니다 그 사이에 청군과 백군이 나뉘고 오늘만은 다 내려놓고 색깔로 나뉘어 응원을 합니다 마을 사람들이 둘러 모인 곳에 웃음꽃이 피었지요

# 세상에 대한 도리깨질

가을 햇볕에 여문 곡식을 뽑아 널어놓은 마당에 둘러
서서 도리깨질을 시작합니다 내리치는 그곳에 속썩이는
남편을 비롯해 가슴에 맺힌 울혈들이 소리를 지릅니다
왜 없겠어요 그 속에 아이들도 있지요 뿐이겠어요 시어
머니도 있고 그렇지요 허물만큼 벗겨지는 알곡들을 주워
모으며 풀린 마음이 밥 지을 궁리부터 합니다.

# 가을은 사랑이 되어

   온 산천이 물들어도 들이지 못하는 마음 한켠은 님을
향한 저의 작은 수줍음입니다 불타는 단풍도 번지는 단
풍의 산들도 멍들어 붉은 내 마음보다는 선명하지 않습
니다.

# 꽃가마 타고 가는 길

평생 한 번도 못 탄, 꽃가마 타고서 당신은
안녕. 이라는 말 한마디도 없이 떠나가네.

당신이 그토록 좋아하던, 노란 꽃이 피어나는
계절에 떠나가네.

꽃가마 가는 길옆으로 평생토록 일구어 놓으신
들녘에는 파릇파릇 새싹들이 돋고 있네.

그토록 좋아하시던, 노란 나뭇가지에는
노란 꽃이 피어있네.

꽃가마 가시는 길에 노란 꽃잎 따 가지고
살포시 뿌려 드리리.

영원토록 있을 곳에 노란 나무를 심어서
영원히 노란 꽃 볼 수 있도록 해 드리리.

# 흰 가루가 된 너

너의 육신 위로 검고 검은 기름 끼얹고
불을 지른다.

너의 육신은 불길에 휩싸여 불꽃이 되어
하늘로 치솟는다.

너의 영혼은 흰 연기가 되어
머나먼 길을 떠나간다.

흰 가루가 된 너의 육신을 돛대도 없는
배에 싣고 강 가운데로 간다.

흘러가는 강물에 희고 흰 너를 뿌리는데,
강바람에 너는 내 가슴에 자꾸만, 안긴다.

# 사랑하노라

소리가 잦아지는 대로 흘러가다 보면 숨만 거칠게 쉬
는데
허파에 차오르는 사랑한다는 말이 복날 길에 버려진
생선처럼 눈만 껌뻑이고 있는데, 나의 기도는
그대 창가에는 봄 햇살처럼 웃음소리가 만연함에도
불구하고  그러하다 껌뻑이는 눈짓만
쓸쓸한 오후.

# 또 하나의 사랑

구름이 높고 높은 곳에서 한 점이 되어 흘러간다
갈 곳도 모르고 기류를 타는데 고추잠자리
짝을 찾아 흐르는 것처럼 흘러 지치면
풀섶에 내려 앉아 이야기를 하다 말고
무료함에 공중을 거슬러 올라가며 내려다보는데
빨갛게 익은 고추빛 사랑이 참 곱다

# 터줏대감이 들어오는 소리

벼들을 베는 것은 날선 땀방울이 스쳐 지나가서 그렇
다 한해의 수고가 벅차 힘도 들지 않고 입에서는 구슬픈
농요 한 소절이 부르는 터줏대감의 칼춤 같다.

볏단들이 쌓이고 가마니에 들어서는 무리진 알곡들이
가족의 황홀한 만찬의 성스러움의 번제물이 되어 저녁
어스름 속에는 허기진 하루가 기껍다.

# 곡간의 축제

뜨거웠던, 여름날의 땀 결실로 알알이 땀방울들이
맺혀 있는 들녘에 곡식을 거두어들인다.
벅차 오르는 가슴으로 일을 하니
힘도 들지 않고 신바람이 난다.

땀방울을 한 톨 한 톨 닫는다.
가마니에 다 찬 것을 볼 때
웃을 거리도 없는데,
웃음이 일어난다.

경운기에 땀방울들이 가득 담겨 있는
가마니를 싣고서 가는 길에
경운기도 즐거워서 노래를 부르고
내 코에서도 콧노래 소리가 절로 나온다.

텅 비었던, 곡간에 땀방울들이 쌓이니
그동안 나들이 갔던, 이곳의 주민들이
돌아와 축제를 벌이고

샘이 오른 방해꾼이 방해 못해 울어댄다.

# 소녀의 기도

    햇살이 짓쳐들 때 도시의 숲 그늘 아래 무릎 꿇은 소녀 상이 나지막하게 감사함에 진저리를 친다 시작과 끝이 동일한 낙조 속에서도 요지부동이다.

    눈을 떼지 못하는 나에게는 소녀의 뒤로 달이 몸을 드러내는 것을 보았다. 수런거리며 기도처럼 되뇌이는 내일이 불안스럽다.

# 날아간 내 가슴

꽃들이 떨어지는데 밤하늘에 환하게 밝히던 모습하고는 다른 속도감을 드러낸다

밤서리에도 식지 않은 그 뜨거운 꽃들이 내 가슴에 불을 지른다 기름 위를

떠도는 마음은 범종처럼 운다


'내 탓이요'

# 단풍잎은 다시 태어난다

땅에 떨어져 딩구는 빨간 단풍잎을 주워서
졸졸 흐르는 개울에 띄워 봄의 날로 보내고 싶어서
살며시 띄웠으나 조금 떠내려가다가
다시 나에게로 돌아온다.

땅에 떨어져 딩굴는 노란 단풍잎을 주워서
졸졸 흐르는 개울에 띄워 여름날로 보내고 싶어서
살며시 띄웠으나 조금 떠내려가다가
다시 나에게로 돌아온다.

땅에 떨어져 딩굴는 알록달록한 단풍잎을 주워서
졸졸 흐르는 개울에 띄워 님에게로 보내고 싶어서
살며시 띄웠으나 조금 떠내려가다가
다시 나에게로 돌아온다.

땅에 떨어져 딩굴는 마른 단풍잎을 주워서
졸졸 흐르는 개울에 띄워
어머니 품속으로 보내고 싶어서

살며시 띄웠으나 조금 떠내려가다가
다시 나에게로 돌아온다.

# 단풍잎은 어디로?

계곡 길을 올라가다가 문득 맑고 맑은 냇물 소리에 바라보았다.

계곡 냇물에 손 내밀고 목마른 목을 축이니
일순간 목마름이 사라져간다.

냇물 위로 빨간 떠내려 오는 단풍잎 위에 개미 한 마리
몸을 기댄 일엽편주
물길에 몸을 맡기며 흘러가는데 아득하게 전해지는 사랑이 귀하다

# 삶을 지고서 달린다

하루 종일 산 너머 밭에서 내일 새벽시장에 나가려고
채소를 뽑아 한 단 두 단 묶는다 배고픈 허리를 묶듯이
아낙네는 힘 주워 묶는다.

다들 꿈나라에서 헤매는 이른 시간에 부은 얼굴로 일
어나
보자기에 채소단을 포개어 싸서 머리에 이고 시장으로
향한다.

보자기에 삶의 짐을 포개어 싸서 머리에 이고 걸어가
던
아낙네는 한 걸음 한 걸음 걸을 때마다
힘겨워서 다리가 휘청거린다.

앉을 곳이 없는 시장 한 길모퉁이에
보자기를 풀어놓고 지친 몸은 차디찬 담벽에 기대어
오고 가는 사람들에게 사이소! 사이소!.
목청을 다하여 외친다.

〈

오고 가는 행인들이 뜸해지며,
아낙네는 지친 몸을 못 이겨
담벽에 기댄 채로 잠에 빠지고
행인들 오는 것 느껴지며
눈을 감은 채로 사이소라고 외친다.

시간을 물어 보고는
팔다 남은 채소를 옆 아낙네에게 부탁하고
몇 푼 되지도 않는 지폐와 동전을 주름진 손에 꼭 쥐고
집으로 향하여 달린다.
삶을 주름진 손에 꼭 쥐고서 달리고 또 달린다.

# 죽음의 연기

죽음의 연기가 푸른 하늘을 가리고 자유로이 날아가
던,
우리들의 꿈들이 추락하네.

죽음의 연기가 숲을 뒤덮고 평화로이 잠자던,
우리들의 아이들이 숨을 못 쉬어
힘들어 힘들어 하네,

죽음의 연기가 강을 뒤덮고
온 생명을 품어주던,
품에 아무도 못 품게 하네.

죽음의 연기가 온 산청을 뒤덮고
온 세상에 양식들이 못 익고
말라 죽어가네.

# 해돋이

새해의 해가 산 너머에서 떠오르네 새해의 해가 산 너머에서 떠올라

우리들 가슴속에 남아 있던, 새해의 빛으로 사라지게 하고

우리들 꿈과 희망을 심어 주네.


새해의 햇빛에 온 세상이 붉은 꽃송이 되어 피어오르고

우리들 마음도 한 송이 꽃이 되어 피어나네.

2부

# 하얀 사랑

당신의 하얀 사랑을 온 세상에 뿌려서 더럽고 추한 것
을 덮어주거나
약하고 힘이 없는 마음으로 덮어주오.

그럴 때마다 나는 법당 앞 탑신이 되어 기척없이 서서
발치 끝에 있을 것이니
아아, 사랑하는 당신 올해 처음 성긴 눈발이 되어 내
발등을 덮어주오

# 부모는 그랬다

아이러니하게도 봄, 여름, 가을, 불편한 몸으로 물려준 땅에 피땀 흘려 지은 곡식을 거뒀는데, 아픈 손가락마다 내어주고 당신은 해묵은 쌀로 밥 짓고 묵은 시래기로 국 끓여 드셨다.

# 불편한 아들을 향한 마음

　부모은중경은 회초리다 고향을 등지고 떠난 이곳에서
불편한 몸을 휠체어에
　얹고 사는데 몸보다 마음이 먼저 잇닿아 있으니
　부끄러움은 눈시울을 붉게한다

　보이지 않는 세상을 더듬듯이 더듬는 마음이 온전하게
전해질리는 없고, 하루를 품고 살다보면 회초리를 든 부
모의 마음이 매만져지는데
　한해는 구부능선을 넘고 있었네

# 영혼결혼식

　백만년 덮혀 있던 만년빙이 가장 아름다운 모닥불에
녹아들고 마당에 핀
　채송화를 닮았네 향기는 서로 잇닿아 영혼결혼식을 올
리는데,

　한 줌 꿈이 되어 깨어나는데 휠체어 위에서 한참을 울
었네

# 도시의 가로등
— 시같지 않은 시

내가 도시의 가로등이 될 수만 있다면 도시의 어둡고 어두운
뒷골목길을 밝혀 주리라.

내가 도시의 가로등이 될 수만 있다면 도시의 어둡고 어두운
도시의 사람들을 마음 밝혀 주리라

내가 도시의 가로등이 될 수만 있다면 도시의 어둡고 어두운
도시의 어둠에서 길을 못 찾고 헤매이는
영혼을 밝혀 주리라.

내가 도시의 가로등이 될 수만 있다면 도시의 어두워서 별 하나 안 보여
꿈과 희망이 안 보이는 도시인에게 꿈과 희망의 앞날을 밝혀 주리라.

# 너는 좋겠다

푸른 하늘을 훨훨 나는 새야 온 세상 어디에 닿던지 자
유롭고 머물 수 있는
집이 있어서 좋겠다

철마다 아름다운 꽃을 입에 물고 깊게 패인 꽃술에 목
을 축이고 산들바람에
춤을 추는 너는

좋겠다 좋겠어

# 바람개비

내 혼을 다 하여 꿈의 바람개비를 만든다.
종이에 풀칠하듯 꿈에 풀칠한다.

나무에 구멍을 뚫듯 막혀 있던,
삶에 구멍을 뚫어 바람개비를 완성했다.

바람개비는 돌아간다 내 꿈도 돌아간다.
바람개비 두 손으로 잡고 뛰어간다.
나는 꿈을 잡으러 뛰어간다.

바람아 불어라 저기 바람개비가 힘차게 돌아가게
내 꿈과 희망도 힘차게 돌아가게
휠체어가 달리고 있었다.

# 내 될 뿐

아픔은
나에게는 아픔이 될 수 없고
내가 될 뿐이다.

슬픔은
나에게는 슬픔이 될 수 없고
내가 될 뿐이다.

고통은
나에게는 고통이 될 수 없고
내가 될 뿐이다.

괴로움은
나에게는 괴로움이 될 수 없고
내가 될 뿐이다.

# 해 뜨는 내일로

난 이젠 떠나련다. 어두운 오늘을 버리고
저 찬란한 해 뜨는 내일로
난 이젠 떠나련다.

난 이젠 떠나련다. 고통스러운 오늘을 버리고
즐거움이 넘쳐 흐르는 내일로
난 이젠 떠나련다.

난 이젠 떠나련다. 좌절을 느끼는 오늘을 버리고
희망찬 내일로 난, 이젠 떠나련다.

난 이젠 떠나련다.
먹구름이 낀 오늘의 삶을 버리고
푸른 하늘이 보이는 내일로
난 이젠 떠나가련다.

# 그대의 창문

아침 햇살이 되어 그대 창문을 살짝 두들기다
그대 창문을 열고 나를 반겨 주오.

구석에 남아 있는 어둠을 몰아 내 주고
습기를 몰아 내 주리
그대 따뜻한 마음 내게 주오

그대 눈물을 못 흘리리 내 아침 햇살 때문에
어둠에서 안녕이라고
외치고 외친다.

그대 습기에 고통받는 일이 없으라 구석구석 비쳐 주
는
한낮에 햇살 때문에 습기에서 안녕이라고
외치고 외친다.

# 좌절은 새가 되어

내 마음은 강물이 되어 흘러 바닷물이 되어 머무네

내 꿈은 한 마리 박쥐가 되어 어둠 속으로 날아가는데
내 희망은 날지 못하는 타조가 되어
날아가는 새떼들만 바라보네.

좌절은 한 마리 새가 되어 푸른 하늘로 날아가네.

# 사랑의 김치

김장을 담그는 어머니의 손길에 사랑이 느끼네.

배추 한 포기 살 때마다 늦은 밤
무를 썰 때마다, 고춧가루에 손이 따가워도
대수롭지 않은 표정으로 감추던 추위

택배로 도착한 박스 한 상자 태양의 흑점 같았다

# 청춘버스

휠체어 한 대, 저기 정거장에서 서 있으면 버스는 세워
는 주지만,
장애를 안고 살아온 날은 이정표도 정류장도 없었다.

그래서 청춘버스를 꿈꾸는지도 모른다 속도감에 취해
밟아도 밟아도 멈출 수가 없는 일생에 한 번밖에 없는
지워졌었다.

자의반 타의반에서 청춘의 도로가에서
아무리 손을 흔들어도 세울 수가 없었다.

— 지금은?
— 멋쩍게 웃는다

# 도시의 별들 속에는 그렇지 않다

저 아름답게 빛나고 있는 도시의 별들은 겉으로는
모두 아름답게 보이지만, 속을 들여다보면 그렇지도
않다는 이들이 많다.

어떤 별에서는 슬프게 빛나고 어떤 별에서는 고통스럽
게 빛나고
어떤 별에서는 아름답게 빛나고 어떤 별에서는 눈물
흘리면서
빚어지고 있는 탄생석이라 그렇다고 한다.

가끔 로또처럼 저 도시의 별들 속에 나의 별도 있겠지.
나의 별은 어떤 빛으로 빚어진 탄생석으로 빛날까?.

겉으로 보아서는 장애도 없고 다른 별들처럼
내 별도 아름답게 빛나겠지.

# 거목

세찬 바람이 불러와도 **까딱없는** 당산나무처럼
나의 지친 몸을 지켜 주소서.

푹풍우가 몰아쳐도 **까딱없는** 거목이 되어
아리고 여린 마음을 지켜 주소서.

세상 사람들이 뭐라 **아프고** 아픈 가슴속
밑둥을 지켜 주소서.

3부

# 눈싸움

눈싸움하자고 합니다 사랑싸움하자고 합니다 꿈싸움
하자고 합니다.
희망싸움하자고 합니다.

눈을 뭉칩니다 사랑을 뭉칩니다 꿈을 뭉칩니다.
희망을 뭉칩니다.

눈을 던집니다 사랑을 던집니다 꿈을 던집니다.
희망을 던집니다.

눈뭉치에 맞습니다 사랑의 뭉치에 맞습니다.
꿈 뭉치에 맞습니다.
희망의 뭉치에 맞습니다.

싸워도 즐겁습니다 싸워도 기쁩니다.
싸워도 행복합니다.
싸워도 우리들 얼굴에는 웃음꽃이 피어납니다.

# 강물이 죽어간다

강물이 죽어간다 우리들 마음도 탁해지고 있다 평화를
상징하던 물길 속에
　물고기들의 헐떡거리는 숨결이 마스크를 쓴 우리 아이
들이 그러면 어쩌지
　하는 조바심이 생겼다.

# 불꽃

몸이 치솟아 찬란한 빛을 뿜으며 어두운 하늘을 가득
채우는
빛이 희망이라고 아름다운 꽃 같다고 하는데 나는,

사그라지는 살아온 날만큼의 경험이 빛이고 희망이라
고 하는 것에 대한
잔상이라고 허상이라고 믿고 있었다.

# 아침 해가 되어

너를 바라보면 내 마음은 반짝반짝 빛이나거나 은하수
가 되어 흐르는
태양족이거나 꿈나라의 어느 족장이 되고는 하지

코란에서 나오는 한 마리 불새 같거나 부화하여 낳은
아기새처럼
하늘의 해가 되는 것처럼 지극히 사소한 생각으로

불편한 육신의 옷을 벗고 가장 멋진 근육을 닮은 제우
스 같다는
생각을 해 몽정처럼

# 희망이 햇살이 되어

어둠에 살아간다고 난, 진정 희망마저 잃어버리지 않을거야.

어둡고 어둠 속에서 살아가도 희망은 밝은 햇살이 되어
내에게로 빛이 되어 오는 것을 믿어.

나의 삶을 포기할 수가 없고, 주어진 날만큼 내 생명을 포기하지 않을 거니까
사실 두렵고 떨릴 때마다 햇살에 몸을 드러내고 쪼이면 작은 용기가 나

전생에 나는 근육질의 태양족이었다고 되뇌이고는 해.

# 별의 노래

차가운 밤바람을 맞으며 하늘을 보면 작은 노랫소리가
들려
유년의 반짝반짝 작은별 노래처럼 하나의 그리움이
속으로만 삭혀서 화려하지도 않은 슬픔이 되어 말도
못하고
눈물만 홀리게 된다니까

힘든 사랑의 불꽃은 깜박거리지, 잦아드는 노랫소리를
들으며
잠들어 갈 때 새벽 미명에 걸어오는 한 사람
나는, 새벽 이슬이 되어 옷깃에 젖고 싶어

# 내게 넓은 마음이 있었다면

당신을 용서할 수 있는 넓은 가슴이 내겐 있었다면
오늘같이 비 오는 날 혼자서 비를 맞고
쓸쓸히 거리를 걸어가지 않겠지.

당신의 행복을 빌 수 있는 넓은 마음이 내겐 있었다면
오늘같이 햇살 아래 의자에 앉아 혼자서 외로워하지
않고
즐거운 마음으로 살아가겠지.

당신을 이해할 수 있는 넓은 마음이 내겐 있었다면
오늘 같이 밤하늘을 보면서 눈물 흐리면 이별을
후회하지 않겠지.

당신의 성공을 바랄 수 있는 나의 사랑이 내겐 있었다
면
오늘 같이 좌절 속에서 헤매지 아니하고
당신과 성공을 이야기하겠지.

# 고난을 헤쳐 가리라

저 힘든 것을 뛰어넘고 벽들이 우리들을 가로막아도
단단한 의지로 허물거나 우리를 시샘하여
세찬 폭풍우가 몰아쳐도 간절한 마음으로
한 송이 들꽃으로 피어나는 용기를 배울거야.

벼락이 우리를 내리쳐도 물어나지 아니하고
어떤 꽃보다 아름답게 피울거야.

따스한 햇볕이 우리를 비춰도 찡그리지 아니하고
항상 웃음 짓고 있는 들꽃처럼
밝은 웃음으로 살아갈 거야

# 탐욕

정신은 사막이 되거나 스스로에 의지해 긴 여정의 사
막을 건너지 못할 거야

또, 사랑에 눈이 멀어 수렁을 헤어나오지 못하면 희생
이 주는 황홀함은

알지 못할 거야.

# 마음의 사슬

내 몸에 맞지 않는 옷은 벗어 던지고
나를 속박하고 있는 모든 것을 벗어 던져
헐렁한 베적삼을 입고
헝클어진 머리에 밀짚모자를 뒤집어쓰며
흙내음이 나는 거리를 걷고 싶다

누구도 의식하지 않고
누구에게도 속박받지 아니하며
풀잎을 꺾어 입에 물고
아무데나 풀썩 풀썩 앉아
큰소리로 외치고 싶다

마음의 사슬을 풀고
바보랑 거지랑 마음에 병든 사람이랑
몸에 병든 사람이랑 주절이 주절이 앉아
세상을 욕하며 지랄을 해도 세상은 선한 사람들이
주인이라고 주절거려 주고 싶다

# 뒷모습을 보아라

밤하늘에 반짝이는 별을 보아라.
밤하늘에 떠 있는 수많은 별을 보아라.
사람들이 미처 발견하지 못했던,
별을 찾아라.

홀로 서 있는 너를 찾아라.
오랫동안 잊고 살았던,
너의 뒷모습을 보아라.
사람들이 미처 발견하지 못한
너의 뒷모습을 찾아라.

진실된 너의 마음을 보아라.
사랑하는 마음이 지금도
진정 너에게 있는지 보아라.

너의 가슴을 열어 주어라.
너의 모든 것을
되돌아보아라.

# 내 이름을 불러주오

그대 나의 이름을 맑은 목소리로 불러 주오
소리 없이 따스한 한줄기 바람 되어
그대 주위를 돌리라.

그대 나의 이름을 다정한 눈빛으로 불러 주오.
한나절 은빛 햇살이 되어
그대 온몸을 비춰 주리라.

그대 나의 이름을 뜨거운 가슴으로 불러 주오
푸른 하늘을 나는 솔개가 되어
그대 앞날을 내다보리라.

그대 나의 이름을 해맑은 목소리로 불러 주오
바스락거리는 소리나는 가랑잎이 되어
그대 머리 위에 살며시 앉으리라.

# 기다리다 어디론가 사라져 간 날


그곳에 그대가 기다릴까봐 그곳으로 바람처럼 뛰어갔지.
하지만, 그대는 보이지 않았어.

그대를 보고 싶어 그 자리에서 기다리다가
목석이 되어 갔지.

오지 않는 그대를 기다리다 난 어디론가 사라져 갈 거야라며
중얼거리고, 그대가 그 자리에 다시 와 나를 찾았을 때
난 그 자리에 못 이기는 척하며 있었지.

난 그 자리에 있어도 보이지 않고 그대는 그 자리를 둘러보고
약간의 아쉬움 속에 그 자리를 떠나고
난 그 자리에서 영원히 사라져 버린 사람이 되는 그런
드라마 속 주인공 같지만

모든 진실을 느티나무는 알고 있지. 난 그대를 기다리다 목석이 된 진실도

　오지 않는 그대를 기다리다가 난 어디론가 다른 차원의 공간에 나무로

　변신한 사실을


　다시 그대가 그 자리에 왔을 때 내가 그 자리에 있었다는 진실과 난 지금도

　그 자릴 둘러보며 소리 없이 눈물을 흘리는 것도 찰라임을.

# 일용직의 하루

이른 시간에 알람소리에 잠에서 일어난다.

일당 10만 원에 90번 60kg 하는 자재를 들어 날리는데,
내 허리가 정상이면 그것이 이상할 것이다. 라며
김씨가 웃는다

어떻게 참능교 하고 묻자 김씨가 씩 웃으며 하는 말이

"하지만 내가 사랑하는 사람들의 얼굴을 생각하면
파스 한 장으로 오늘도 참고 참는다" 란다.

# 자신의 거친 말과 행동

분노조절장애 김씨의 하루를 지켜보며 속으로만 울리는 소리를 들었다

말이 거칠어지면 행동도 거칠어지고
남을 포용하지 못 하면
자기 자신에게도 가혹하다.
남에게 거친 말과 행동을 한다면
자신의 마음에 괴로워지면
몸에도 상처를 입는다.

지금은 남에게 거친 말과 행동을 하여 자신의 스트레스를 풀어서 좋겠지만,
시간이 지나면서 자신에게 돌아온다는 것을 왜 모를까?

2020 장애인 창작집 발간지원 사업 선정 작품집

# 희망이 햇살이 되어

1쇄 발행일 | 2020년 12월 31일

지은이 | 김준엽
펴낸이 | 정화숙
펴낸곳 | 개미

출판등록 | 제313 – 2001 – 61호 1992. 2. 18
주소 | (04175) 서울시 마포구 마포대로 12, B-103호(마포동, 한신빌딩)
전화 | (02)704 – 2546
팩스 | (02)714 – 2365
E-mail | lily12140@hanmail.net

ⓒ 김준엽, 2020
ISBN 979 – 11 – 90168 – 24 – 3  03810

값 10,000원

주최 | 대한민국 장애인 창작집필실
주관 | 장애인인식개선오늘(고유번호 305-80-25363. 대표 박재홍)
심사 | 발간지원 사업 심사위원회
후원 | 대전광역시, 대전문화재단, 갤러리예향좋은친구들, 문학마당, 한국장애인
　　　문화네트워크, 드림장애인인권센터, 대전광역시버스사업운송조합, (주)맥
　　　키스컴퍼니, (주)삼진정밀

**문의 | (042)826-6042**